郵便はがき

恐縮ですが
切手を貼っ
てお出しく
ださい

1 6 0 - 0 0 2 2

東京都新宿区
新宿1－10－1

(株) 文芸社

ご愛読者カード係行

書　名			
お買上 書店名	都道府県　　市区郡　　書店		
ふりがな お名前		明治 大正 昭和　　年生　　歳	
ふりがな ご住所	□□□-□□□□	性別 男・女	
お電話 番　号	(書籍ご注文の際に必要です)	ご職業	
お買い求めの動機 1. 書店店頭で見て　2. 小社の目録を見て　3. 人にすすめられて 4. 新聞広告、雑誌記事、書評を見て(新聞、雑誌名　　)			
上の質問に1.と答えられた方の直接的な動機 1. タイトル　2. 著者　3. 目次　4. カバーデザイン　5. 帯　6. その他(　　)			
ご購読新聞　　新聞	ご購読雑誌		

文芸社の本をお買い求めいただき誠にありがとうございます。
この愛読者カードは今後の小社出版の企画およびイベント等の資料として役立たせていただきます。

本書についてのご意見、ご感想をお聞かせください。

① 内容について

② カバー、タイトルについて

今後、とりあげてほしいテーマを掲げてください。

最近読んでおもしろかった本と、その理由をお聞かせください。

ご自分の研究成果やお考えを出版してみたいというお気持ちはありますか。

ある　　ない　　内容・テーマ（　　　　　　　　　　　　）

「ある」場合、小社から出版のご案内を希望されますか。

する　　しない

ご協力ありがとうございました。

〈ブックサービスのご案内〉

詩繍《ししゅう》

To Heart

Zin Hirao

平尾じん

文芸社

詩繍

To Heart

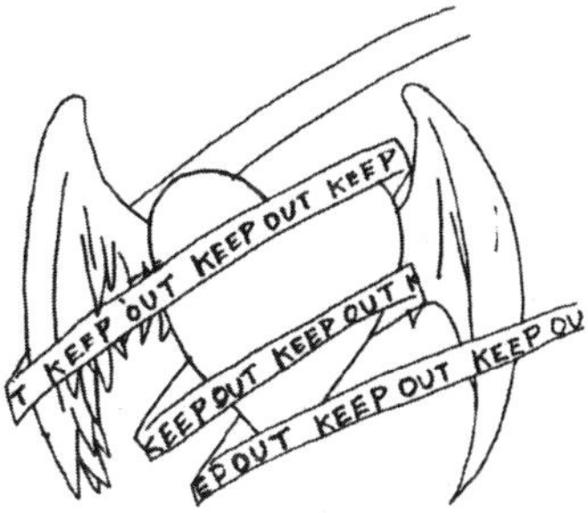

CONTENTS

Air ～君を包み込む風 …… 7
CRY …… 8
Desire …… 9
Echo …… 10
Eternal …… 11
宝物 …… 12
Heven's Ship …… 13
Is Love …… 14
Kick Start My Heart …… 15
life …… 16
Lipstick …… 17
MY ONE ROAD …… 18
OPEN GATE …… 19
paradise lost …… 20
saga …… 21
SQUALL ～恋ナクナッタ …… 22
スパイス …… 23
いいひと …… 24
いまを生きる …… 25
カラーボール …… 26
ココロの泉 …… 27
さよなら夏 …… 28
しずく …… 29
シャララ …… 30
シンプル …… 31
それぞれのスピード …… 32
レテ河～向こう岸の君 …… 33

花 …… 34
菜の花 …… 35
流星群 …… 36
詩繍 …… 37
秋の昼下がり …… 38
終の花、始まる大地 …… 39
終る天 …… 40
PIZZAMAN-BLUES …… 41
心のクリップボード …… 42
人の夢とかいて…… …… 43
星空舞踏会 …… 44
青い月の夜 …… 45
石楠花 …… 46
宣告の果て …… 47
−追憶−12/12 ～ 12/13 …… 48
冬の香り …… 49
灯台@下暗し.com …… 50
病んでいる僕 …… 51
そこに吹く風 …… 52
風集う丘 …… 53
妹 …… 54
夢追い人 …… 55
名作に出会えた！ …… 56
夜の妖精 …… 57
優しい日々 …… 58
憂鬱なる天 …… 59
流域 …… 60
旅立つ君へ …… 61
彷徨い人 …… 62
anniversary …… 63
fuzzy …… 64
important flower …… 65
お祝いのうた …… 66
maholoba …… 67
maze …… 68
recollection …… 69
SAYONARA …… 70
Train tap …… 71
What is love? …… 72
おせんち …… 73
かあさん …… 74
かさぶた …… 75
カマキリ …… 76

クロウ …… 77
フリース …… 78
メール …… 79
めっせーじ …… 80
メビウスの輪 …… 81
メロディ …… 82
ライセンス …… 83
ラジオから聞こえる声 …… 84
安っぽいイメージ …… 85
闇の使者 …… 86
幾百、幾万…… …… 87
記憶の空 …… 88
見えない鎖 …… 89
見上げた夜空 …… 90
古戦場に降る雪 …… 91
罪人−トガビト− …… 92
視線 …… 93
詩−ウタ− …… 94
小さなKISS …… 95
人それぞれ …… 96
星降る夜に…… …… 97
精霊の声 …… 98
青い地球 …… 99
雪、舞い降りた …… 100
堕天（fall・down） …… 101
朝 …… 102
追憶〜遠ざかる日々 …… 103
冬はまた来る！ …… 104
憧れ …… 105
波打ち際の笑顔 …… 106
微笑−強きモノ− …… 107
表裏的恋愛模様 …… 108
不思議 …… 109
風邪の魔力 …… 110
理不尽 …… 111
流景 …… 112
蟲 …… 113
eye need you …… 114
FREE STYLE …… 115
Rough style …… 116
MISTY …… 117
open your eyes …… 118
thank-you father …… 119

With Happy …… 120
いつだって、どんな時だって…… …… 121
お星様欠けたら …… 122
めんどくせーな …… 123
意地っ張り …… 124
意味 …… 125
「Welcome to Live Bar」 …… 126
頑張れ人間!! …… 127
空から涙 …… 128
好き …… 129
時間の悪戯 …… 130
-十一月- …… 131
真実と答えと …… 132
水と草木と …… 133
正義と悪と …… 134
日々精進 …… 135
粉雪に祈る …… 136
裏切り …… 137
恋の試運転 …… 138
煌めく河 …… 139
raison d'être …… 140
vessel of spirit …… 141
お婆ちゃんの海苔 …… 142
お婆ちゃんへ …… 143
チョコレートの日 …… 144
mon chéri 愛しき人よ …… 145
何気に人生、論じてみれば…… …… 146
強さって……何? …… 147
空模様 …… 148
君の瞳 …… 149
心の抽出 …… 150
地球は泣いている …… 151
風きり羽 …… 152
夢の翼-graduation-卒業 …… 153
恋愛の定義 …… 154
プチな夢 …… 155
風来坊 …… 156
ZERO or ONE …… 157
2002/1/17～1995/1/17 …… 158
Dear Friends …… 159
CROSS ROAD …… 160
街の篝火 …… 161
「鳥になれなかった」-Keep the grief in one's bosom…… …… 162

Air～君を包み込む風

現在ある僕のすべてのしがら身を
かなぐり捨てて
大空に身を投げ出す事が出来るなら
君を包む
柔らかな風になりたい
君の翼をはためかせ
君を包む暖かい風になりたい
静かにただ安らかに
君のココロを包む風になりたい

CRY

独りでも生きて行けそうだねと君は言う
けれど……
このどうしようもない寂しさを
誰か和らげて下さい
このどうしようもない哀しさを
誰か和らげて下さい
僕は強くなんか無いんです……

Desire

君に巡り逢えた事感謝してるよ
たとえそれが悲劇に終わってしまっても
出会えたことに悔いは無いよ

(人は愛とエゴを天秤にかけ
自分なりに釣り合わそうとする
そこにジレンマは生じる
やがて…… 人は自らの悲劇を演出して行く……)

君を想えば今も心焦がれるから
この身砕け散ってもいい
この記憶砕け散ってもいい
だから……
もう一度
あと一度だけ君に逢いたい

他人《ヒト》の情に任せて
愛を産み出せる程
僕は器用でも大人でも無いから
今はただ願うこの大空の下で
君に出会えたこの青空の下で……

Echo

獣道抜けて駆け上がった
あの山頂《イタダキ》
吹き付ける風と
照り付ける太陽
眼下にそびえる山々に
放たれた声が木霊し消えて行く
やがて小さな空間は
心地良い沈黙に包み込まれる

Eternal

九月……
訪れた実りの秋に　人々の希望が募る
山々は茜色に染まり
田園の稲穂は太陽に照らされ黄金色に輝く……
やがて来る冬に備えて
幾星霜前から
繰り返し紡がれてきたこの営み……
祖母が刈り取った稲穂の束を
父が抱え上げ天に捧げて
母は感謝の言葉を胸に潜める
遥かなる悠久豊穣の大地よ……

宝物

理解し合えるという事
理解し合うという事……
それだけでもう
僕にとっては
奇跡って名前の宝物

Heven's Ship

浮世漂ふ朧月《オボロヅキ》
風が運びて魂宿す
五弦操り夏音奏で
君の裾いつしか放たん
かの地へ向かふ
天翔蹴る東雲《シノノメ》の船

Is Love

What’s you a love？
貴方は恋をしてますか?
What’s you a love？
貴方の恋ってなんですか?
恋は人がもっとも少ない人数で
幸せに成れる不思議な感情……
……is love
貴方のそれは恋ですか……？

詩繍

Kick Start My Heart

差し延べられた
手を振り払って
伸びた三編みパーマ
ジェルで固めて
無造作に掻き上げ
闇夜を乗り越え
駆けはじめたなら
抜け出せるよこの街
身に纏ったSunrise
首にさげた劣情
賦に書き貯めた羨望
堕ちた哀しみ
全て此処に沈めて
旅立ちの朝
霧深いこの街
見果てぬ大地に
叡知の実　情熱の果実　求め征く……
遥かなる未知（道）
壁のその未来（先）
Kick一発鋼鉄の騎馬で走り出せ俺！！

life

与えられた生命
使い方は自分次第
手にいれた生命
使い道は自由自在

Lipstick

花束を抱えて微笑む君
艶やかな口紅優しげな唇にのせ
瞬く間に色彩放つその言葉
揺れる想い胸に抱いて
君に歩み呼び覚ます勇気
語らう言葉は……
もう一度祈り　続けた言葉……
君の胸には届いただろうか？
静かに開いた
……君の口紅

MY ONE ROAD

平坦な人生なんて
お呼びじゃないから
長い人生立ち止まったり
振り返るのは当たり前
けれど全ての人生を歩き終えて
HEAVENS DOOR を叩くとき
僕は門番に言ってやるんだ
叶うならもう一度
同じ人生《ミチ》を歩みたいって
そう言える人生を過ごせるなら
良いなって……
ただ現在《イマ》　その為の道草中……

OPEN GATE

優しき死よ来たれ
整然たる旋律
静粛なるあの丘（Golgotha）
甘き死よ来たれ
報われぬ抱擁
日々連なる頂
静かな死よ来たれ
導きたまへ……
……目の扉
主よ　炎と紙と血の契約の元
開け……最期の扉

paradise lost

聞こえてくるよ鳥達のさえずり
暖かな陽射しに包まれて
緩やかな風達が
運んでくる花の香り
いつからか夢見ていた
ココロの楽園は
いつしかいつのまにか
既に手にしていた事にも気付かずに
否、気付かない振りをして生きてきたのか？

大切なその場所は
失ってはじめてその大切さに気付く……
悲しいけど
本当に哀しいけど

saga

眉間に吹き付ける優しい風よ
脳に枷せられた
錆び付いた理性を撃ち抜いて下さい
記憶を呼び醒まし
理性という名の冷たい鎖を砕いて
想いを解き放てるなら
貴女は承け入れてくれたでしょうか？
天空《ソラ》に僕の声は届いていますか？

SQUALL～恋ナクナッタ

[出会い]
それは予期せぬ出会い
望まざる会合
新しい“妹”との出会い
他愛ない関係
その筈だった……
[恋]
突如現れ
なんの前触れも無く沸き上がる
感情？　……いや
気が付けばそこに
出会った頃から既に在った情熱
あるときそれに気が付いた
ただ唐突に
[別れ]
心の準備など
出来てはいなかった
想像する事を怠っていた
希望の未来に埋もれて消えた夢
遺された淵への感情
その恋はまるで通り雨
激しく優しく駆け抜けたSquall

スパイス

涙で枕濡らす夜もあれば
楽しみで眠れない夜もある
恋愛をしなければ
それはそれで
確かに楽かもしれないけれど
やっぱりなんだか味気無い
なんてったって恋愛は人生にとって
最高の調味料なんだから……

いいひと

いいひと
だと他人は言う
けれど……
僕はいいひとなんかになりたくない
……きっと僕は
どうでもいいひと

いまを生きる

時間がすべてを
洗い流してはくれないだろうけど
時間ははじめから
人それぞれに与えられた数少ない平等……
あなたの時間を大切に……
あなたの心の根深い傷に
一番の良薬を煎じて飲もう
素敵な過去も
忘れたい過去も
あなたの未来の糧にして
いまは生きよう
ただ思うままに……
(Live today)

カラーボール

カラーボールで投げた変化球
プラッスチックバットで
打ったホームラン
草むらで飛び付いた
ファインプレイ……
現代《イマ》の子供達は
コントローラひとつで何でもこなす……
なんか寂しいよね

ココロの泉

貴女がくれたメッセージカード……
燃やし尽くして
蓄えた口髭と顎鬚……
剃り落とした
肩まで伸びた髪の毛
……切り放して
忘れられなかった電話番号
記憶の彼方へ……
現実（reality）を歩き出すため
目を逸らさずに前を向いて歩こう
暖かさも苦しみも同じ様に
教えてくれた貴女への想いを
心の泉に深く沈めて
今、歩き始める
ありがとうの泉に
何もかも深く沈めて
……歩き始めよう

さよなら夏

暖かな風が草原の上を吹き抜けて
少女の白い麦藁帽子を拐《さら》って行く……
太陽に左手をかざして
眩しそうに空を見上げる
草原を駆け出して
飛んでいった白い麦藁帽子を拾い上げながら……
もう一度
夏の最後を
名残惜しそうに見上げていた……
その小さな瞳で……

しずく

水道ジャバジャバ
顎伝い滴が落ちる　洗面鏡の前に立つ
我ながら同情しちゃうよな
クシャクシャの顔そこに写ってる
何て顔してんだ？
我ながら笑っちゃうよな
クシャクシャの顔そこに写ってる
まぶたがポカポカ
頬伝い
雫は落ちる

シャララ

ないものねだって床に座りこみゃ
何とかなるだろ？
子供じみてる
考えあさはか
シャララ　シャララ
「誰でもそうだよ！」二言目には
他人を引き出し親の脛かじる
都合が悪けりゃ他人は関係無いだなんて
ほんと　子供じみてる考えあさはか
シャララ　シャララ
お前のワガママ
お前の気まま
いつのまにやらバトン渡され
今時ゲームの中にだって
こんな奴いねーよ
全くひでーよ
敷かれたレールを走る列車にゃ
壊れたブレーキ
行く先見えたよおいらの人生
こんなの無いでしょ
全く辛れーよ
シャララ　シャララ

シンプル

僕らは
池では泳げても
沼ではままならない
それだけのこと

それぞれのスピード

うまいだの
へただの
言わないでよね
こっちはこれでも一生懸命

レテ河～向こう岸の君

レテ河のほとり
忘却の川
星屑の川
全ては幻
さざめく水に身をまかせ
その川の向こう岸で手を振る君を
他人事みたいに　眺めやる僕
手を振る君よ……

花

遠く遠く見果てぬ感情
風が運ぶ柔らかで暖かな香りを
空には瞬く星屑の大海に
やがて浮かべる微かな鼓動
水面に拡がる切なさの波紋……
岸辺に微笑む儚き花を
刻よ……
僕に手折れと言うのかい

菜の花

季節外れの菜の花が
雨に濡れ小さく揺れている
その光景を優しい瞳で見つめる
きみの背中がとても儚げで……
窓越しに秋の風物詩見つめる
車椅子のきみよ……

流星群

流れ星たくさん
お願いたくさん
そんなにたくさん降るのなら
夢　恋　お金　願い事
僕のもひとつ叶えてよ
他力本願　願う僕

詩繍

僕が与えてあげられるモノは
限りなくZEROに近い
でもココロならあげる事が出来る
僕を形成する全て文字に託そう
……詩集をあげよう
けど　それさえ僕にはおぼつかない
無学で
無秩序で
無神経に
並べられた言葉達を
無理矢理に縫い合わせた
ツギハギだらけの詩繍
詩集ではなくてツギハギだらけの詩繍なんだよ
受け取って貰えるだろうか
こんなわがままを

秋の昼下がり

秋の昼下がり……
素敵な音楽を聞き
素晴らしい景色を征く……
秋の昼下がり……
ただそれだけで
憂鬱な雲も晴れていく……
−神鍋高原にて−

終《ツイ》の花、始まる大地

恋愛を花に例えて
君の想いを土に
彼の想いを水に
様々に移り変わる状況を天候に
暖かな陽射し
焦がすほど熱い陽射し
気まぐれな通り雨
降り止まぬ雨
優しいそよ風
薙ぎ倒す程強い風
やがて花にも寿命が尽きて
その花に終りが来ても
土は新たな生命を育む
いつしか生き物は死に
いつしか建物は壊れる
花は枯れ行くものだよ……
枯れない花　作り物の花
決して美しく無いよね
儚いから
切ないから
花はいい……
そして大地は新たな花を……

終《ツイ》る天《ソラ》

空は紫色……
雲は灰色……
雲の先っちょ金色……
金色はだんだん大きくなって……
雲もだんだん黒くなって……
空が落ちてくる……
駄目だよ……
天が墜ちてくるよ……

PIZZAMAN-BLUES

PIZZAMAN
風に吹かれて
PIZZAMAN
雨に打たれて
PIZZAMAN
客に怒られ
PIZZAMAN
歌が大好き
PIZZAMAN
PUNKが大好き
JAZZが大好き
BLUESが大好き
ROCKが大好き
PIZZAMAN
歌は良いねと彼が言う
歌は良いよねとPIZZAMAN
歌は良いよね
優しいから好きなんだ
どんな時でも側にいて　くれるから……
優しく側で微笑んで　くれるから……

心のクリップボード

クリップボードに
貼り付けられたままのこの恋は
いつまでも朧《オボロ》げなままで……
この想い出は磔《ハリツケ》られたままで
あなたの面影探してる……

人の夢とかいて……

壊れてしまう時は
ほんと
あっけないもので
それがたいして気にならないものだろうと
大切で掛け替えないものであろうと……
むしろ脆ければ脆いほど
短ければ短いほど
儚いって　言葉で
結び付けてしまうんだ……
……救われないね……

星空舞踏会

月明かりの訪問
夜空からの招待状
上窓を叩いて
誘われるままふらりと外へ出てみたら
見上げた夜空は
きらきら満天　光模様
なんだか嬉しい気分になった……
生きてる実感　……沸いてきた！

青い月の夜

青い月の夜
寂しさに導かれたどり着いたその湖畔
足早に通り過ぎて行く青い月を
恨めしそうに眺める僕に
銀色に輝き写し出す
湖面は問掛ける
「貴方ハ何ガ　欲シイノ……？」

石楠花

灰色の空から滝の様に落ちる雨の中
立ち尽くす私の隣を
家路を急ぐ様々な傘達が通り過ぎて行く
風は止んでいた
星は光らなかった
ただ……
エゴの煙が漂う灰色の空と
路傍に咲く踏み荒らされた石楠花だけが
私を見ていた
灰色に染まった　私を見ていた……

宣告の果て

いと小さき者よ　汝に問わん……
何を悲しむ何を憐れむ
汝に問わん……
何を哀しむ何を慈しむ
何に微笑む？
息吹けど汝はただの土くれ
いと小さき者よ
祝福遠き者なり……

−追憶−12/12～12/13

12月12日
僕が生を受け
君が祝福してくれたあの日……
弾んだ会話
結ばれた約束
手にいれた記憶
君と過ごした　10時間
夜明けが近付き
幸せの刻は終わる……

冬の香り

……香る雪
空の彼方から
幾重にも連なりながら
あの雲を伴い
あの雷を伴い
……冬が来る。
君のいない冬が
この街にもまた
……訪れる。

灯台@下暗し.com

暗闇を照らす一筋の光が
愛を見付けられずに
また回り続けている……
灯台から放たれる明かりのように
携帯（ＰＣ）からメールを発信する事で
『ネットから始まる恋』を求めて
今日もまたKEYを叩く
(人は風評に流されやすいモノだから)
あちらからは見えているのか?
こちらからは何も見えない
ぐるぐる回るメリーゴーランドのように
大切なモノも回し続けて見失う
ほんとはずっと前から側にいるのに
遠くしか照らせないから気付けない愛もある
救われないね……

病んでいる僕

他人《ヒト》の優しさを
素直に受け入れられない僕
そんな僕は既に病んでいる？
そんな自分が大嫌い……
優しい他人よごめんなさい
ほんとにありがとう……

そこに吹く風

緩やかな風は
僕の前を通りすぎる
たんぽぽの綿帽子連れだって
はじまる大地目指すよ
優しさの春風～
暑い陽射しに滅入る僕
時折の波風
潮の香りを運んでくれるよ
乾いた心を潤してくれるの？
爽やかな夏風～
木枯らしが街路樹を吹き抜け
寂しさに暖かさ求めて
家路を急ぐ人々
一陣の追い風僕を急かすよ
切ない秋風～
冷たい灰色寒さに震える吐息
貴方の髪を撫で上げたその風は
やがて降り始めた雪を舞い踊らせて
味気無い町並みを彩ってくれたね
気高い冬風～

風集う丘

高台へ続く
この坂を昇りきれたなら
麓の町並みを全て見渡す事が出来る筈だよ
高台へ続く
この坂を昇りきれたなら
鳥達が集う木々の木洩れ陽称えてくれるよ
高台へ続く
この坂を昇りきれたなら
みんなで見付けた蛍の楽園
優しく迎えてくれるから
風が駆け降りる坂を登り
さぁ一緒に行こう
風が吹き抜けたあの高台へ……

妹

巣立ち行く
君の横顔を
眩しそうに
でもどこか寂しそうに
眺める父
考えるより先に手が出て
二人いつも衝突してたね
愛しさゆえにぶつかり合ったね

今　娘を送り出す父
日頃見せた事無い涙隠して
父は語らう祝福の言葉を
誇りに思うよ涙の祝福
「頑張れよでも辛くなったら無理するな」
月並みな言葉何よりも輝く
やがて祝福は応援に変わり
君は旅立つ
新たな未来へ

夢追い人

あの人の手が
僕を促す
まるで心の迷いを見透かしたように
重ね合わせた掌
打ち消された戸惑い
まるで一瞬
お互いの血が　混じり合った
そんな感覚に　襲われるんだ
追い付き追い越したかったあの人
もう　その背中は　見えない……

名作に出会えた！

本を読んだ
流行りのファンタジーだった
どーせ話題先行の流行りモノだと
決めつけていた僕
……読み終えた後
何故か涙が溢れ出した
その涙の意味は今も解らないけど
いや　意味なんて必要も無く
適切な言葉は見当たらなかったけど
気が付けば涙は溢れ出していたんだ……

夜の妖精

夜空にまんまるお月さま
眠りの妖精舞い降りて
夢見のステッキ振り撒いたなら
つるつるてかてか
四角い心もまーるくなった
夢に溶けてく
（解けてく）
四角い心……
（精神）

優しい日々

優しさはいつの日も側にあり
誰の上にも通りすぎる陽射し
君を包み込む暖かい風
僕に降り注ぐ静かな雨
優しさはいつの日も側にある

憂鬱なる天《ソラ》

憂鬱なる我が心を知れ
天に願いし晴天の誉れよ
聞き届けたまへ
受け入れたまへ
彼の者に問ふ
天の思惑幾ばくか？

流域

流れる風に　身を任せ
流れる刻に　身を任せ
そんな　優しさに　身を任せ
今、僕は此処にいるんだ

旅立つ君へ

新天地を求め旅立つ君
航海は始まったばかり
これから未来《サキ》
苦難や困難が君の歩みを
絡め取ろうとするかも知れない
けど、君の航海は始まった
この未来に待つ出会いや希望
きっと君を育んでくれるさ
新たなる大地に運んでくれるさ
そして……
大切なモノにも気付かせてくれる
君の航海に幸あれ
僕は祈る
同じ海の違う場所で……

彷徨い人

愛を求め彷徨う人々
幸せは苦しみも運んでくる
幸せを守り続けたいと願い
幸せを奪うモノを恐れる
嫉妬や切なさ
憎悪や寂しさ
人はそのジレンマに苦しみ続ける
エゴや価値観
感情や感性
押し付け合い
人は自分達の世界を形成していく
思念を放ち
想いを描いて
幸せという名の“錯覚”を求め
今日も彷徨い続ける
それでも愛を求めて彷徨い続ける……

anniversary

1 WEEK
北の大地に降り続けた雨も
南風が連れてきた秋晴れ
……雲に変えた
青空に雲のストライプ広がってる
11.15
記念すべき秋の昼下がり
この空は日本晴れだよ！

fuzzy

墜ちてきたその哀しみの欠片《カケラ》
僕は拾い集めてあげられるだろうか？
借り物のこの翼で
君の涙を掬《ス》くってあげられるのだろうか？
背中を推してくれた君の涙を……

important flower

誰もいない誰もいない
心の中に咲く花
どうしてこんなに切ないんだろう
指の先まで伝われば良いのに
何でだろう？
わからなかった
だって
大切な物がない
大切な人がいない
大切な夢がない
僕の心の中にも花は咲くかな？
何でだろう？
わかんない……
わからなかった
誰もいない
誰もいらない

お祝いのうた

ひとは愛されて　なんぼ
ひとは愛して　なんぼ
そんなときあなたは
みつけることが出来たんだな
大切な想い人
おめでとう……
奥さんを大切にするんだよ
生涯の愛を大切にするんだよ
今日の日よありがとう
友よ、
他人をいたわり
身体をいたわり
家族をいたわり
精神をいたわり
自分をいたわれ
ふたり、
お幸せにならな　あかんよ……

(幼馴染であり親族であり弟であり友である
—実結ぶ二人に捧ぐ……)

maholoba

天下る聖しき光の帯よ
東雲を切り裂き　まほろばの大地へ
我を誘え
天国の階段

maze

時間のすれ違いは　戸惑いを産み
やがてそれは　疑惑に変わる
更にそれは　誤解を象《カタチド》り
新たな別かれ道を形成していく“感情”
それはいつ終わること無く続く
この迷路に出口など無いのだから……

recollection

何気無く過ぎていく一日
また一日連なっていく……
それも想い出

SAYONARA

大切なモノは最期まで分からなかった
必要なモノは明確ではっきりしてた
ただ自らに索いた境界線
踏み越えて進む程強く無かった
後押ししてくれた貴方に
ココロから感謝してる
たたずんで遥かな東
眺める僕がいる
……呟く僕がいる

Train tap

takutakutakutaku 電車が通る
takutakutakutaku わたしの隣を
takutakutakutaku 電車は通る
takutakutakutaku あなたを乗せて

What is love?

恋ってなんなの？
愛ってなんなの？
大切な“何か”は失くした訳じゃ無くて
最初から無かったんだね
自分に足りない何かを相手に求め
ひとつでも補えるならそれは凄い事だよね
けど、全てを補おうとするから
そのギャップに耐えられなくて
泣いたり疲れたり苦しんだりしちゃうのかな？

（アダムとエヴァの起源から原始の記憶の中
人は失くした半身を補う為に
また恋を繰り返して行く）

僕達は補われる事を願って
人生という海を漂う漂流者なのかな？
恋ってなんなの？
愛って……

おせんち

寒くなってきましたネ
もうすぐ冬はやって来て
空から白い雪を降らすのでしょう
そして大地に白が積もったら
私の心に
今年も 切なさが積もるのでしょう

かあさん

僕の何気無い
しかし心ない一言が
あなたと僕との見えない距離を決定付けた
―許されぬ　罪と知りつつ　犯す業―
あれから幾星霜か経ちました
―悔やめど　後のまつりなり―
そんな僕に
いつだったかあなたは
「オカエリ」
と言ってくれましたよね
「アリガトウ」
と言ってくれましたよね
ただその一言が
けどその一言が
僕の心を救ってくれました
僕の方こそ「ありがとう」

かさぶた

なんとなく首筋を掻いたら
出来かけてたかさぶたが破れた
なんだか無性に泣きたくなった

カマキリ

足下のカマキリに気付いて靴を止めた
—誰かに踏まれるぞ—
僕が背中を摘まみ持ち上げると
彼は敵意剥き出しで鎌を動かし逃れようとする……
僕は思う　人と人もこんな感じなのかな？
僕のこの行為は自己満足な押し付けなのかな……
苦笑い浮かべてカマキリを草むらへ放す

クロウ

さっき別れたばかりなのに
君の笑顔が何故か懐かしい
気持だけ八艘翔びのように君の元へ
翔んでいきたい　クロウのように　翔んでいきたい

フリース

私を包み込んでくれたあなたの水色のフリースは
安物だけど暖かいフリース
あなたのフリースは私には大きすぎて
小さな私には広すぎて……
あの頃は着心地が悪かった
現在《イマ》私はそれなりのブランド
それなりの値段のフリースを着ている
でもあの青いフリースみたいな暖かさは無い
小さな私にぴったりな現在のフリース
フィットしている筈のフリース
……けどあの頃みたいな優しさは
現在はもう感じる事は出来はしない

あの安っぽい青いフリース……

メール

暖めてよ
癒してよ
慰めてよ
赦してよ
一方的な想い
溢れ出す感情
響く着信音
君からのメールは　一言「ごめん」
ただそれだけで私の笑顔が蘇る
人って限り無く
単純な生き物なのかも ……知れないですね

めっせーじ

毎日、毎日
泣き出しそうな日々を
それなりに
自分なりに
頑張って生きてるんだよなぁ
だからお互い明日に向かって頑張ろうよ
もう少し頑張ってみようよ

メビウスの輪

何回同じ道歩いても
何回同じ曲聞いても
何回同じ物食べても
変えれないこの気持ち
揺るがないこの気持ち
何回同じ名を叫んでも

メロディ

どこまでも澄んだ青空
レディオから流れるメロディ
何故かこぼれた　涙がひとつ

ライセンス

愛されたければ
それ以上に愛さなければならない
真実はそんな筈は無くとも
それが愛の摂理だと言うなら
なんとちっぽけでくだらないモノなのだろう
君に愛される資格は
僕には無かったんだね

ラジオから聞こえる声

戦争ではありません！
テロ行為に対する戒めです！
戦争はしません！
米軍への協力です
それは戦争だと私は思います……

安っぽいイメージ

遥か昔
人は禁断の果実を食べたと言う
そして知恵を得て愛を知った……
愛ってなんだか安っぽい

闇の使者

闇が迫る……
身を切る様な身を切り裂く様な
訪れる闇に脅えて夜の闇に悲鳴をあげる……
僕の罪　許されざる罪
罪による罰
償えないのは誰の罪
許されないのは誰の罰
求めないのは誰の罪
報われないのは誰の罰
抗えないのは誰の罪
救われないのは誰の罰
僕も備えて置かなければならない
ディアボロスへの答えを……

幾百、幾万……

幾百幾千の夜を重ねて……
切なさは身を焦がすけど
幾百幾千の距離を越え……
空っぽの隣が寂しさを誘っても
幾百幾千の欲望に耐え……
逢いたいよ側に居たいよと
幾百幾千の想いに尋ね……
負担にはなりたくないから
幾百幾千の願いを放つ……
あの人が同じ空見上げている事
幾百幾千の時に望んで
(早く逢いたい)
幾万幾億の星々に祈る
(あの人と幸せになりたい)
きっと幸せになれるよ……

記憶の空

心地良い風に
頬を撫でられながら
遠い空に想いを馳せる刻
いつも……
キミの横顔を思い出す……
いつの日か僕もたどり着けるのだろうか？
君と同じ　記憶の空へ……

見えない鎖

僕は籠の中の虫
君は籠の中の鳥
彼は籠の中の鼠
脱け出せない籠の中を
跳ね回り飛び回り走り回る
何不自由無く与えられる餌
快適な環境
何もかもが管理下のもと
僕達は限られた自由に疑問を抱いて
翔び立て無い檻の中を
跳ね回り飛び回り走り回る
……けれど
限られた自由の中
開かれた扉を前に誰一人
跳び出そうとしない
翔び立とうとしない
脱け出そうとはしない
何故なら
脱け出したその先（未来）が自由だなんて
誰にも解からないのだから……

見上げた夜空

見上げた夜空に星ひとつ見えない僕

古戦場に降る雪

車窓から見えるその情景が
遥か悠久の時を越えて
私に語りかけてくる
飛び交う怒声
けたたましい馬蹄の音
鳴り止まぬ金属音
激しい銃声
窓を少し開いた私の耳に
聞こえる筈のない“それ”を
一陣の風が運んでくれる……
日本史上数多《あまた》の英雄が
自らの意地と未来を賭けた
最も壮大で最も短い
しかし確実に歴史を動かした決戦の足跡
今はただシンシンと雪降り積もるこの雪原を
列車は静かに走り抜ける……

罪人−トガビト−

断罪の雨に打たれながら癒しを求め彷徨う僕
幾ら探しても見付かる筈もない辛そうな父
怒りに震える母
微笑まない妹達
そして真実は哀しそうな母……
許されざる罪の十字架に
身が引き千切られる程の孤独を感じて
気がふれそうな僕がいる
……許してくださいごめんなさい……
許されない僕はやがて首吊り台へと導かれていく
人生の首吊り台へ

視線

逃れても逃れても押し寄せてくる波動
迫り来る狂気の視線
私の胸《ココロ》に突き刺さる

詩–ウタ–

脳髄にではなく
僕のココロに真っ直ぐ響いた君の詩–ウタ–

小さなKISS

吹雪の中小さく震えた小さな君を
僕のオンボロコートが包み込み
ふたり……
吹雪の中コートの中
微笑み合ったよね
囁き合ったよね
小さな君に
小さな君の唇に
小さくKISS……
ふたり……
吹雪の中コートの中
ふたり……

人それぞれ

天国にお酒が無くて
お酒が地獄にあるんなら
天国には
……行きたくねーな

星降る夜に……

満天の宇宙《ソラ》に　流れゆくたくさんの煌めき
それよりももっともっと多くの願いが
人々によって託されているのか？
ひとつだけで良い
僕の“祈り”もあの流れ星に届けば良いのに……

精霊の声

夢数えるは　風の音
人育てしは　あの土の香り
火の如く　燃ゆる情熱
祈りを　水に浮かべて
鼓膜に遠し　その存在を知る
……やがて　ココロを包む 精霊の抱擁に
……やがて　ココロに響く言霊を訊く……

青い地球《ホシ》

そのバスに乗り込んでしまえば
降りること等許されはしないというのに
僕達はどこへ行こうというのだろう？
この青い青い地球《ホシ》の上を……

雪、舞い降りた

吹き抜ける風
答えなき問掛けを聞け
見上げれば空小雨を落とし
ひしめく灰色の雲　東へ向かう
雲の隙間から覗く陽かり
まるで天下る御使いの様に山々を照らす
雲は流れやがて訪れる夕闇に
雪　舞い降りた　この掌の中

堕天（fall·down）

紅い雫が滴り落ちて
背中の翼を濡らしたら
ヌレタラモゲタ……未来の翼

朝

立ち昇る蒸気
燃え上がる炎
豆の匂い薫る
敷き詰められた冷たい朝の中
私の一日がはじまっていく

追憶～遠ざかる日々

脳髄に響く声
重なる波紋
湿った空気
締め付ける壁
君の中に溶けてゆく
遠ざかる追憶の日々

冬はまた来る！

オーナメントが煌めき始める12月
冬は間近に　街は色めき立つ
助手席に君の姿は無いけれど

憧れ

遠い遠い遥かなる南西
1200あまりの島々　連なる環礁
まさに“神々の首飾り”
青い空と白い雲　それを映す青い海
白浜から覗き込む碧い珊瑚礁
鳥達の囀り　波の囁き
目映い夕焼け
オレンジ色輝く水平線……
満天の夜空に煌めく星の大海
いつか行きたい天国に一番近い島
永遠の楽園　モルディブへ……

波打ち際の笑顔

砂丘に吹く風が微かに砂の匂いを運んできた
らくだが愛くるしい顔でこちらを見てる
遠くではハンググライダーが
風を得て滑空していく……
彼女は一足先に駆け出して
波打ち際で愉しそうにはしゃいでる
笑顔でこちらを見上げて手を振る姿が
どうしようもなく可愛く思えて
一秒でも早く
彼女の元へたどり着きたくて
僕は砂の高台を駆け降りる

微笑−強きモノ−

押し寄せる感情　闇からやって来る
何もかも奪い何もかも滅ぼす　狂気
いつの日か訪れる恐怖
いつの日か訪れる死滅
それでも
何もかもあなたの微笑には敵わない
敵うもんか！

表裏的恋愛模様

幸せな二人　けど忘れないで……
同じように
どこかで流れる涙があるということ……

不思議

凍りついた夜
たどり着いたMY ROOM
明かりが灯もってる　ただそれだけで
たったそれだけで
幸せな気持に包まれて
不思議だなぁ

風邪の魔力

風邪をひいたら辛いよね
寒いし熱いし(ドッチダヨ)
鼻水ジュルジュル咳はコンコン喉はガラガラ嫌な感じ
けどね
風邪には不思議な魔法が有るんだよ
いつもは怖いお父さん
いつもは厳しいお母さん
いつもは無愛想な彼氏や彼女
みんなみんな優しくしてくれる
食べたいモノが食べれたり
普段は出来ない昼寝も出来る！
がっこも会社？　も休めちゃう
……かも？
風邪の魔法は凄いんだ！
ビバ!!　風邪!!
けど
しんどいのも　ゴメンだね……

理不尽

お巡りさんに切符を切られてたら
目の前を百キロ位で走り去る自動車
僕が世の中の理不尽さを知る瞬間……

流景

爽やかな朝の陽射し浴びて山々は黄金色に輝く
空はビロード色とスカイブルーのコントラスト
木々には降り積もる雪が計算された様に美しく象《カタド》る
人間の造形物も
降り浸けた雪が彩り
あたかもそこに
遥か昔から存在したかの様に優しくたたずむ
心安らぐ静かな流景
車窓から覗く静かな流景……

蟲

蛍光灯に群がる蟲達
生きること
叫ぶこと
奔《ハ》しること
飛び回ること

eye need you

この瞳の中に映った君が
いつ微笑んでも良いように
僕はこの瞳で君を
映し続けるって決めたんだ

FREE STYLE

きままに行こうぜ
くだらない　しがらみなんか捨てて
いま出来ること
いまやりたいこと
みんなの思い繋げて
みんなの思いまとめて
心　赴くままに……
自由な風を掴んで

Rough style

俯きかげんな雲が
やがて雨を落とした……
こんな憂鬱な昼下がりには
張り詰めた気持ち開放したくて
自然とあの場所にココロは（車は）向かうよ！

－ペンタゴンハウス１Ｆあの店－

気さくな店主が出迎えてくれるあの場所は
いつだって僕らの大切な隠れ家なんだ……
ラフな気分で飾り気なんて　NO！さんキュ
この場所でなら
どんなに年齢重ねたって貫ける筈さ
このラフスタイルをね！
気さくな店主のMagic handに掛かれば
いつだってどんなに年齢重ねたって貫ける筈さ
このラフスタイルをね……！

MISTY

霧深い街
目を凝らし探せど
君の姿は見付からない

open your eyes

さぁ！　閉じた目を開いて
ゆっくり少し歩いてみよう
そこは
新しい領域
新しい世界
新しい未来
そこでつまずいたなら
泣くのはそれからでも遅くはないから

thank-you father

幼い頃からあなたの厳しさと
あなたの甘さに
そしてあなたの強さに
あの頃の僕は支えられて生きてきました
そんなあなたが一度だけ漏らした
“弱さ”が心に染みて
今　僕の強さを染めあげている
いつの日かあなたの強さを追い越せるように
あなたの強さを次代に繋げるように
— father —
優しさというあなたの強さ

With Happy

どこにいても
如何なるときも
あなたのことを　愛せている幸せ

いつだって、どんな時だって……

いつだって
どんな時だって
あなたの事
励ましてくれる
叱ってくれる
慰めてくれる
泣いてくれる
そんな人がいてくれるなら
それだけできっと
誰より幸せ

お星様欠けたら

お星様砕けた
欠片を拾い集めてあげなよ
きっと良いことあるから

めんどくせーな

めんどくせーな
まったく　なんもかんも
考えたく無くなる時がある
仕事失敗したとき
大切なモノ無くしたとき
好きな人と別れたとき
他人に裏切られたとき
自分に無いモノを他人の中に見付けたとき……
めんどくせーな
それを逃げだという奴もいるけど
逃げても良いじゃん！
逃げる勇気も必要なんだよ！
玉砕したって良いことないだろう？
逃げる勇気も必要でしょう！

意地っ張り

脚が痛かった
でも　走るのを止めなかった
止められなかった
置いていかれる気がしたから……

意味

無意味な出会いなんて無いよ
別れたとしてもそれは
目指していた未来《サキ》が違っていただけ
無意味な別れなんて無いよ
人は過去を食べて生きているのだから……

「Welcome to Live Bar」

ヤニ漂う中響き渡るギタリズム

震え続けるフローリングフロア

刻み込まれる八分のバスドラム

掻き鳴らされたプレシジョン・ベース

シャウトが鼓動と鼓膜を打ち鳴らし

奏でられたアルペジオと

心地よいシャッフル・ビートのトレ・クール

点滅繰り返す原色を帯びて……

(営む人々の気さくさ胸に沁み、
軽やかで激しく優しい音色の集う場所)

美味い酒と旨い料理

多種多様に生み出されたメロディ楽しめば……

ココロはこの‘祭り《Live》’の夜に解（溶）けてゆく……

“Welcome to HIGH GAIN”

頑張れ人間 !!

人と偶然との出会いは
奇跡や悲劇
時に様々な状況を作り出す……
きっと人間なんて
世界の中では余りにも小さい
けれど感情の表現に長け
生命の尊さを知る
霊長類の頂
頑張れ人間 !!

空から涙

雲から足を踏み外し
ふーっと僕は落ちていく
僕はぐんぐん落ちていく
僕はぐんぐん落ちていく
そしたら　地面にぶつかって
弾けて跳んで砕け散る
静かに地面に吸い込まれ
僕はずんずん沈んでく
僕はずんずん沈んでく

やがて
雲も払われて
お日様が大地を照らしたら
いつの日かまた、昇れると良いな
蒸気になってあの青い空へ

好き

僕は君が好き
僕のことをまるで
すべて理解しているような
したり顔の君が好き

僕は僕が好き
そんな君のことを理解してるのは
自分くらいだとうぬぼれている
僕が好き

時間の悪戯

誤解や思い込み
そして時間の悪戯が
ふたつの想いすれ違わせたね
それは時間の悪戯
現在《イマ》…… ふたつの想いは交差した
あなたは「ごめんなさい」
と言うけれど
僕に何を許せと言うのか？
現在…… 僕が言えることそれはただの一言
「神様さんキュ！」

-十一月-

靄に包まれた
太陽の下
君になら
たとえ欺かれても
すべてを奪われても
構わないと思った
そんな
November Sunrise

真実と答えと

ある時知った
“真実” が必ずしも
自らが求めた答えでは無いと言うこと

水と草木と

ある時知った
水さえ与えれば
草木が育つ訳では無いという事

正義と悪と

ある時知った
人が忌み嫌うモノが
必ずしも　森羅万象に於いて
悪ではないと　いうこと

日々精進

努力すれば必ず夢が叶うとは　限らないけど……
それでも努力に価値はある
……日々精進

粉雪に祈る

粉雪の中
君の部屋の前で
部屋の主人の　帰りを待ちながら
ふと思う
このまま死んでも構わないけど
最期に記憶に写るのは
愛しい人でありますように

裏切り

一度でも裏切られたら許せない奴がいる
何度裏切られても許せる奴がいる……
人間の不思議

恋の試運転

静かに鼓動高鳴る
どこか冷めた目で見つめる本性
ただいま恋の試運転

煌めく河

夜空を舞台に
星と月が共演する
風の喝采
ココロは躍る……
ココロは弾む……
華劇“銀河”の幕は上がった

raison d'être

raison d'être…… 存在理由って
考えたことありますか?
僕は出来るだけ
考えないようにしています……
だって怖いじゃないですか!
存在理由ってなんでしょう?
無いといけないモンでしょうか?
誰にも必ず在るモンでしょうか?
解らないよ……
解らないし
別に解りたくないよ!
[そんざいりゆう]
[ソンザイリユウ]
平仮名や片仮名にしちゃえば
馴染みやすいのになぁ……

vessel of spirit

寂シクテ
切ナクテ
悲シクテ
泣キタクテ
泣ケナクテ
哀シクテ
哭キタクテ
哭ケナクテ
避ケラレテ
冷メナクテ
裂ケタクテ
覚メタクテ
咲キタクテ
降リタクテ
折レナクテ
墜チタクテ
駈リタテテ
書ケナクテ
欠ケタクテ
割レタラ破片
……ノ器
……消エタクテ

お婆ちゃんの海苔

ぼんやりとＴＶを視ていた……
なんとなくただなんとなく……
どうやら有明の干潟が特集のようだ……
行ったこともない
有明海の特集を視ていた……
海苔の事
海苔の色の事
そんな特集をしてた……
おもむろにお婆ちゃんの顔が
画面に映し出されて
「今年の海苔は、もう駄目だぁ……」
お婆ちゃんが寂しそうに呟いた
ぼんやりＴＶを視ていた……
ぼんやり視ていたんだ
何故だろう？
何故だか僕には解らなかったけど
何故だろう？
気が付けばいつしか目から
……こぼれた涙

お婆ちゃんへ

幼い頃からずっとずっと
僕を包んでくれた
暖かなその皺だらけの掌で
帰る度に色々くれるけど
そんなものより
あなたの笑顔や元気な姿が
一番のココロの安らぎ……
幼い頃からずっとずっと
僕を見守ってくれた
その暖かい皺だらけの瞳で
飯食べて帰れ！　とか
小遣いあるか？　とか
そんなものより
あなたの笑顔や元気な姿が
一番のココロの安らぎ……
その気持だけで十分なんです……
いついつまでもお元気で……
もうひとりの
おかあさん

チョコレートの日

せっかくですが……
義理チョコならば
要りません
欲しいのは唯ひとつ
DokiDokiがたくさん詰まった
あなたからのチョコレート……
「バレンタインデーなんて
所詮はお菓子メーカーの
風評なんだよ」
なんて言うから
あなたにはいつも
皮肉屋って言われちゃうけど
それでもやっぱり欲しいのは……
欲しいのは唯ひとつ
DokiDokiがたくさん詰まった
あなたからのチョコレート……
あなたのDokiDokiが一杯詰まった
−sweet heart−

mon chéri 愛しき人よ

mon chéri
愛しき人よ
果てることはない
unanimisme
たとえ死がふたりを別つとも
この絆だけは
何者にも断ち切ることなど
叶わぬと知れ……
あの儚げに
それでも凛として
静かに咲き誇る
薄紫色の花の如く
toi et moi
–そんな絆結べるなら何よりもきっと素晴らしい–
あの花の如く……
mon chéri
愛しき人よ……

何気に人生、論じてみれば……

良く聞いた言葉に
人生は
やり直しがきくって言うけれど
僕は何だか
違う気がするんです……
人生にResetが出来るなら
何だか“アリガタミ”が
薄れちゃう気がするのです。
だけど　だけどね
思うんです……
起こしたAction自体は
幾らでも　何度でも
やり直しは効くと思うのです
やり直せば良いと思うのです
人生をReset出来るなら
何だか“アリガタミ”が
薄れちゃう気がするのです……
だから人生を精一杯
頑張りたいなと思うのです

強さって……何？

あなたはわたしの事
強い強いって言うけれど……
強くなんかないよ
だって、ほら
流行りの音楽
１フレーズ聞いただけで
目頭、熱くなるし
流行りの映画
１シーン視ただけで
目頭、震え出すよ
ねぇ……
強くなんかないでしょう……
あなたと歩いたあの場所通る度に
涙は現在《イマ》も
落ちていくもの……

空模様

僕の眼鏡が捉えきれるこの空でさえ
雪が降る空
お陽様が照らす空
ふたつも在るというのに
世界の空が
ひとつになる時代《トキ》は
やって来るのでしょうか?

来れば良いなぁ……

君の瞳

季節外れの風鈴を揺らす風が
僕を夢の世界から呼び覚醒《さま》す……
雨雲が運んできた暗がりが
部屋の中を包み込む
仔猫のような大きめの君の瞳が
僕の顔を覗き込んでいた……
僕は小さく微笑んで
軽く彼女を抱き締める……
小さくても掛けがえのない
君と共有するこの時間が……
……永遠なんて存在しないことわかってる……
それでも人は望む……
幸せならずっと
続いてくれれば良いと
続いて欲しいと願い続ける……

心の抽出《ひきだし》

どんなに嫌なヤツでも
どんなに相手が幼くても
必ずどこか素晴らしいところが
在るという事実
認めて自分の抽出に
納める事が出来たなら
きっと明日からの自分は
今日よりもずっと
ZUTO　ZUTO
素敵な自分に成れてると思うんだ
そんな抽出を
たくさん持ってる人って……
羨ましいなぁ……

地球は泣いている

科学の行き未来《サキ》には
悲しみが待っている？
人は何らかの犠牲を糧に
現在の繁栄を築き上げた……
それでもこれからも
変わる事無く
進んで行けるのかな？
歩んで良いのかな？
鳥や魚や虫は
あらゆる動物達は
泣いてないかい？
花や草や木は
泣いてないかい？
山や海や空は
泣いてないかい？
地球は泣いてないかい？
家族は哭いてないかい？
科学の行き着く未来《サキ》には
悲しみが待っている？
このままで良いのかな人間……
僕は考えたいと思います……

風きり羽

君が言ってた通りだよ
風きり羽を失えば
鳥は大空を羽ばたけない
風を得て
風に道を尋ねる事が叶わないなら
ただ　鳥は落ちて行くだけ
飾り物の翼じゃ
ただ　鳥は墜ちて行くだけ……
僕は今
君を求め
君を探す
憐れな鳥のように……?
風きり羽を失った
あの鳥のようだ……

夢の翼－graduation－卒業

麗《ウラ》らかな春の空
祝福の声と拍手の中で
織り込まれるストーリーがある
時は刻まれていく……
貰えなかった釦《ボタン》
渡せなかった手紙
言葉に出来なかった想い
重なり合った心
踏み出せ無かった上履き
緩んだ靴紐を締め直して
学び舎から羽ばたこうとする
君達の背中には
眉を細めればはっきりと見える
未来と呼ばれる
夢の翼
涙と笑顔の狭間で
織り込まれるストーリーがある
時は刻まれていく
卒業
羽ばたこうとする君達の
麗らかな空へ贈ろう……
祝福のメッセージ

恋愛の定義

“愛”を育む事は
容易な事ではないけれど
(愛は複数の、つまり相手がいないと育めないよね)
色々な制約の上に
成り立っていくモノ……
けれど
“恋”なら容易に
産み出す事も出来る
(何故なら恋は人が最も少ない人数で
幸せに成れるモノだから……)
だから
臆病になってはいけないよ
どうせ病にかかるなら……
やっぱり“恋の病”だろ？

プチな夢

古ぼけたその単車
人によってはただのガラクタ
人によっては世界遺産
僕にとってはかなえたい夢
前世紀のドゥカに跨り
SIDEには　トレジャーBOX　君を包んで
いつしか行きたい　いろんな場所へ……
いつしか辿る　想い出の場所
いつか行きたい　……君を乗せて

風来坊

おいらは夏の風来坊
気の向くまま　風の向くまま
風に吹かれて　どこへやら

おいらは秋の風来坊
気の向くまま　風の向くまま
風に流され　どこへやら

おいらは冬の風来坊
気の向くまま　風の向くまま
風に誘われ　どこへやら

おいらは春の風来坊
気の向くまま　風の向くまま
風を泳いで　どこへやら……

ZERO or ONE

人は思い悩むとひとつの事に囚われ過ぎて
周りを見渡せなくなったりしませんか？
生き詰まって
他人を思い遣れなくなったりしますよね？
だからそんな時　人は深くは考えずに
軽い気持ちで
そう、済んでしまった事は忘れて……
頭の中を空っぽにして……

……なぁんて
けれど想うのです
過去もまた大切な財産じゃないのかなって
“無”にしてしまえば
楽になれるかも知れないけど
そんなのはきっと無理だから
出来るだけ
“1”になれるように努力しています
忘れたくない記憶だって
たくさん在りますからね……

2002/1/17 ~ 1995/1/17

今日であの悪夢から丁度七年が経ちました……

あの時あの場所に同じように暮らしながら

僕は今ここで生きています

激震と衝撃が襲い
(怒号も嘆願も)

余震と炎に怯え
(困惑も憔悴も)

暗闇と寒さに凍えたあの夜
(絶望も希望も)

あの時の善意も悪意も

すべてを生きる糧にして

流れた涙や生命の重さに　心軋《キシ》む夜もある……

けれど

燈《アカ》りが灯《トモ》った喜びや

水が溢れた嬉しさも

決っして忘れられないから

すべてを生きる糧にして

僕は今ここで生きています……

Dear Friends

どんなときも
あなた達がいてくれる幸せ
噛み締めて生きていこう
僕が夢を危ぶんだ時
力強く頷いてくれる人
僕が追い風に乗り走り出した時
“if” を唱えてくれる人
僕が圧迫に押し潰されそうな時
隣で微笑んでくれる人
僕が夢の一歩を踏み締めた時
自分の事のように喜んでくれる人
僕がたとえ近くにいなくても励まし続けてくれる人
みんなと同じ時間を生きていられる喜びを
噛み締めて生きていこう
どんな時も
あなた達がいてくれる幸せ
噛み締めて生きていこう……

CROSS ROAD

降り出した雨に
傘を広げる人（様々な色や模様）
パーカーを羽織る人
屋根を求めて走り出す人
傘もささず家路を急ぐ人
空を仰ぎ見る人……
この小さな交差点……

たくさんの人々の
様々な感情
様々な運命
交差する人々
人々の想い

重なり合う
小さな交差点……

街の篝火

ここから見る街の灯りは
まるで篝火のように
ぼんやりと揺れている……
揺れている？
……揺れているのは僕の目蓋だ……
暖かいモノが頬を伝って地面を濡らす……
朝が来れば僕もこの街を離れる
君が愛したこの街を……

「鳥になれなかった」

−Keep the grief in one’s bosom……

両の手を広げて
翔び上がろうとしたんだよ……
けれどね
翔べはしませんでした……
人間だものね……
鳥ではありませんからね
だから……
一生涯
這いずり回って
生きていこうと決めました
翔べはしなくても
両の手を広げて
生きていこうと決めたのです……

著者プロフィール

平尾　じん（ひらお　じん）

1973年　兵庫県豊岡市にて出生。
'92年に阪神圏に就職するも、'95年の阪神・淡路大震災に被災し、帰郷。現在、味噌作りと宅配ピザのバイトを行ない、詩のHPを運営中。
ホームページアドレス
http://ip.tosp.co.jp/i.asp?i=websmile

詩繍　To Heart

2002年7月15日　初版第1刷発行

著　者　平尾　じん
発行者　瓜谷　綱延
発行所　株式会社 文芸社
〒160-0022　東京都新宿区新宿1-10-1
電話03-5369-3060（編集）
03-5369-2299（販売）
振替00190-8-728265
印刷所　株式会社 フクイン

ISBN4-8355-4092-1 C0092